Océano Glaciar Ártico

Con
mucho
cariño para la chiquita más linda!

Te queremos mucho ♡.

De tía Laura.
              2014. Costa Rica.

Mitos & Leyendas de América Latina

CREACIÓN Y REALIZACIÓN
Equipo editorial CLASA

REDACCIÓN Y AUTORÍA
Alejandra Erbiti
Elizabeth Fontana
Silvia Fernández

ILUSTRACIONES
Noemí Blind
Carlos Paura

CATALOGACIÓN EN LA FUENTE

82-342 Mitos y Leyendas de América Latina / adaptación de Alejandra Erbiti. --
MIT   Buenos Aires, Rep. Argentina : © Círculo Latino Austral S.A., 2009 ;
       Montevideo, Rep. Oriental del Uruguay : © Latinbooks
       International S.A., 2009.
       64 p. : il. ; 18 x 25 cm

       ISBN 978-9974-8043-1-9

       1. LITERATURA INFANTIL. 2.CUENTOS INFANTILES.
       3. SELECCIÓN LITERARIA INFANTIL. 4. LEYENDAS
       INFANTILES. I. Alejandra Erbiti, adap.

Derechos de la presente edición
© LATINBOOKS INTERNATIONAL S.A.
www.latinbooksint.com

ISBN 978-9974-8043-1-9

Impreso en Uruguay
Pressur Corporation S.A.
República Oriental del Uruguay

Edición 2009

Mitos & Leyendas de América Latina

PRESENTACIÓN

¿Sabes qué es una leyenda? ¿Y un mito? Los mitos y las leyendas son relatos breves que explican el origen de algunos fenómenos por medio de elementos mágicos. Los antiguos pueblos crearon estas historias para explicar el origen de las plantas, los animales, la lluvia, el viento, el arco iris y muchas cosas más.

¿Cuál te parece que será la diferencia entre los mitos y las leyendas?
La diferencia entre ellos reside en los personajes, porque en los mitos participan dioses y héroes; en cambio, en las leyendas intervienen hombres comunes o personajes históricos, pero que no tienen poderes divinos.

Al igual que otras narraciones de origen popular, los mitos y las leyendas se transmiten de forma oral de padres a hijos. Esto quiere decir que van de boca en boca. Por eso, para explicar el mismo fenómeno, un pueblo puede tener varios relatos que presentan diferencias entre sí, ya que repetir una historia completa de memoria sin olvidar ni confundir ninguna palabra no es tarea sencilla.

En este tomo te presentaremos a Irupé, una tierna joven guaraní, cuya historia da origen a la flor del irupé, característica de algunos ríos de Argentina, Paraguay y Brasil; disfrutarás del pacto secreto acordado en Bolivia entre un pequeño niño y una familia de cóndores para proteger el tesoro de una de las civilizaciones más importantes de nuestro continente. También, conocerás a Caribay, un espíritu del bosque que imita el canto de los pájaros y se fascina ante cinco majestuosas águilas blancas que dan origen a las sierras nevadas de Mérida, Venezuela; por último, vivirás una desopilante aventura junto a unos loros muy especiales, protagonistas de la creación del pueblo de Ecuador.

Para que puedas aprender muchas cosas más, al final de cada historia encontrarás páginas que te permitirán acercarte a las diferentes culturas que protagonizan estos relatos. Con esta información podrás ubicarlas en un tiempo y espacio real, conocer sus costumbres y asombrarte con algunos datos curiosos especialmente seleccionados para ti.

Ten en cuenta que leer es como hacer un viaje en el tiempo a lugares poco conocidos o ignorados. Esperamos que estas páginas y tu propia imaginación sean la mejor invitación para explorar nuestra América, una tierra que por su gente y su belleza es, naturalmente, tierra de leyendas.

Océano Glaciar
Ártico

Océano Pacífico

Océano Atlántico

COMO LA LUNA EL IRUPÉ

Dicen los guaraníes que entre lagunas y ríos vivía una joven muy bella, que deseaba ser como la Luna. Tan enamorada estaba de su blancura y de su esplendor, que todas las noches corría tras ella tratando de alcanzarla para tocarla con sus manos.

–¡Luna! ¡Qué emoción siento al mirarte! –suspiraba la muchacha
contemplando el cielo nocturno–. ¡Luna! –seguía diciendo–,
¡qué fascinante eres! ¡Salpicas todo con tu luz plateada
y lo vuelves más apacible y hermoso! ¡Oh, Luna, estás tan cerca
que, si me fuera posible extender un poco más los brazos,
podría tocarte!
Eso creía la joven al verla tan brillante y grande, y tan convencida
estaba de su cercanía que, una noche, se dejó tentar
por una audaz ocurrencia:
–Si trepo hasta la punta de una montaña, seguramente podré
alcanzarte –le dijo con gran agitación. Y, sin pensarlo más,
comenzó a escalar, zigzagueando entre las filosas piedras.

Más cerca de la cima llegaba la muchacha, más viento soplaba y más frío sentía, pero por nada detenía su marcha.

–¡Ya falta poco! ¡Pronto estaremos juntas! –repetía para darse ánimo mientras continuaba ascendiendo. El camino era peligroso y, si algo le sucedía, nadie podría escuchar su pedido de auxilio, porque el pueblo estaba muy lejos. Sin embargo, ella estaba demasiado entusiasmada como para sentir miedo.

Al llegar a la cumbre, toda la euforia se le volvió desencanto.
La Luna ya estaba lejos, en lo más alto del cielo y,
por más que se estirara, ya no podría alcanzarla.
Fatigada, la bella joven se echó a llorar sobre el suelo,
pero no perdió las esperanzas:
–¡No importa! –le dijo a la Luna–. Te alcanzaré por la
mañana, cuando desciendas para huir del día.

Mientras bajaba de la montaña,
la muchacha decidió pedirle ayuda
al dios Tupá, que poseía grandes
poderes y era el único capaz de
hacer realidad su sueño:
–¡Ayúdame, Tupá, a alcanzar la Luna
y a ser como ella! –le rogó ilusionada y cerró muy
fuerte los ojos para que se le cumplieran los deseos.
Justo cuando estaba llegando al valle, comenzó a amanecer y,
para su desconcierto, tampoco en ese momento pudo abrazarse
con la Luna. El Sol ya había conquistado el horizonte
y la joven no tuvo más remedio que conformarse.
–¡Esta noche volveré a buscarte! –llegó a decir antes de que la
Luna terminara de escapársele.

La bella muchacha cumplió su palabra y regresó, noche tras noche, a encontrarse con la Luna. Sin embargo, y a pesar de que en cada ocasión subía montañas cada vez más altas y extendía sus brazos tanto como podía, jamás conseguía alcanzarla.

–¡Oh, Luna hermosa! ¡Cómo te me escapas! –suspiraba, vencida, y se quedaba la noche entera contemplando aquella esfera de nácar. Hasta que sucedió algo extraordinario.

La joven, que había salido a caminar como de costumbre, llegó hasta una laguna.

Cuando levantó los ojos hacia el cielo, se encontró
con la Luna, su vieja amiga. Cansada de intentar alcanzarla
sin éxito, se sintió un poco triste y bajó la mirada.
Pero, al posar sus ojos sobre el agua, se llevó una increíble
sorpresa: allí estaba la Luna, más brillante
y más cerca que nunca.
–¡Ahora sí podré abrazarte! –exclamó, loca de felicidad,
y se arrojó a la laguna.

A la mañana siguiente, cuando los rayos del sol se asomaron
y comenzaron a acariciar la tierra, los animales del lugar fueron
los primeros testigos del maravilloso fenómeno que había
ocurrido: la laguna estaba llena de unas hermosas plantas,
desconocidas hasta el momento.

Sus hojas enormes, anchas y redondas flotaban sobre las aguas cristalinas, entre los juncos y las totoras, y tan lustrosas eran que reflejaban la luz de la mañana como límpidos espejos.
La gente del lugar llamó irupé a aquella planta, que en guaraní significa "plato sobre el agua".

Y como, desde aquel día, la muchacha amiga de la Luna no volvió a aparecer por la región, los guaraníes estuvieron de acuerdo en pensar que el dios Tupá había cumplido, finalmente, el deseo de la joven: la había convertido en aquellas bellas plantas que parecían lunas.

EL DIARIO DEL EXPLORADOR

Luego de que Colón llegara a América, otros conquistadores exploraron el Nuevo Mundo en busca de tierras y riquezas. Uno de ellos fue Álvar Núñez Cabeza de Vaca, quien cruzó la selva a través de Brasil y llegó hasta Paraguay, donde encontró unos indígenas muy valientes: los guaraníes. Observa este mapa para conocer en qué zona del continente americano se ubicaban.

CATARATAS DEL IGUAZÚ

Río Paraná

Océano Atlántico

OCÉANO PACÍFICO

OCÉANO ATLÁNTICO

LA VIDA EN LAS ALDEAS

Los guaraníes habitaban en aldeas formadas por cuatro o cinco casas muy grandes. En cada casa vivía toda una familia, inclusive los parientes más lejanos. Para construir sus viviendas de troncos y ramas aprovechaban las zonas de la selva donde había menos vegetación. Cada aldea tenía un cacique que organizaba los trabajos y repartía los bienes y los alimentos entre todas las familias. La tierra le pertenecía a toda la comunidad y cada uno podía tener algunos objetos personales, como objetos de cerámica y ropa.

LUDOTECA

El irupé (que significa plato sobre el agua) es una planta acuática común en las aguas profundas y tranquilas de Paraguay y Argentina. Es frecuente ver aves y pequeños mamíferos descansando sobre sus enormes hojas con forma de plato. Si ordenas las letras que contienen las hojas del irupé descubrirás el significado de cada palabra escrita en el idioma guaraní.

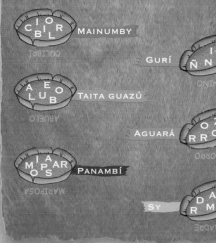

CIO BIR BL — MAINUMBY
COLIBRÍ

GURÍ — IO Ñ N
ONÍN

AEO LU B — TAITA GUAZÚ
ABUELO

AGUARÁ — OZ RR O
ZORRO

IA PAR M O S — PANAMBÍ
MARIPOSA

SY — DAE R M
MADRE

LA FAMILIA GUARANÍ

Cada miembro de la familia tenía una tarea especial. Los hombres construían canoas con troncos de árboles para viajar por el río y fabricaban sus propias armas; también confeccionaban sombreros, abanicos y canastos de diferentes formas. Las mujeres hacían platos, ollas, vasos y pipas con arcilla negra; para que las piezas se secaran las colocaban boca abajo sobre piedras calientes.

Los guaraníes dormían en hamacas tejidas que colgaban entre dos árboles o postes.

COSTUMBRES GUARANÍES

¿Sabías que los guaraníes tomaban mate? La caá o yerba mate es una planta que crece naturalmente en la zona. Con sus hojas preparaban una infusión fría que colocaban en calabazas y bebían con una cañita hueca. Aunque algo diferente, la costumbre de tomar mate se mantiene en la actualidad en muchos países latinoamericanos.

CURIOSIDATO

Como sucede en muchas otras culturas, los guaraníes tienen varias versiones de la leyenda del irupé. Una muy famosa está protagonizada por una pareja de enamorados: Morotí y Pitá. Los pétalos blancos del centro de la flor del irupé representan la pureza de la bella Morotí y los pétalos rojos, el corazón del valiente guerrero Pitá.

LA ALIMENTACIÓN

Los guaraníes se alimentaban principalmente de mandioca, maíz, batata o camote, miel, y frutas como la piña o ananá. ¡Qué sabroso!

EL TESORO ESCONDIDO

C ierto día, en la montaña, un niño llamado Yucaré encontró un pichón de cóndor, caído entre unas rocas. Lo tomó suavemente con sus manos y con mucha ternura lo colocó nuevamente en su nido. Los padres del pequeño cóndor, que habían visto todo el rescate, decidieron cumplirle un deseo a Yucaré en señal de agradecimiento.

–Pide lo que quieras, Yucaré –dijeron mamá y papá cóndor.
–Me gustaría volar por encima de las montañas y ver la tierra desde lo alto, tal como lo hacen ustedes –respondió el niño.
–¡Que así sea! –dijo el cóndor papá–. Súbete sobre mi lomo y siéntate como si montaras un caballo.

Eso hizo Yucaré, y el cóndor, desplegando sus alas,
se echó a volar con el niño a cuestas. Fueron subiendo
cada vez más alto, volaron serenamente entre los picos
de las cumbres más elevadas, hasta que llegaron
a la cima del volcán Illimani, donde se detuvieron.

–Hasta aquí llegamos –dijo el cóndor–, disfruta tu paseo,
y más tarde vendré a buscarte.
–¡Hasta luego! –saludó Yucaré y, al tiempo que los cóndores
se alejaban volando entre las nubes, el niño empezó a
caminar por la montaña. Estaba fascinado con el paisaje,
nunca antes había visto nada igual ni había estado
en un lugar tan alto.

A poco de andar, se encontró frente a una gruta misteriosa y, como era un niño muy curioso, no resistió la tentación de entrar a explorarla.

Antes de trasponer el umbral, tomó del suelo una piedra cóncava, colocó en ella un poco de resina y la encendió para poder internarse en la oscuridad.

Yucaré iba caminando sigilosamente, avanzando casi a
tientas por el corazón de la negra caverna, cuando sintió
que estaba pisando algo pegajoso. Pero ya era demasiado
tarde para echarse atrás. Casi sin darse cuenta, cayó y
se deslizó cuesta abajo como por un tobogán.
–¡Socorro! –gritó asustado Yucaré, aunque sabía
que nadie podría escucharlo.

Para su sorpresa, el tobogán lo condujo a otra gruta. Desde afuera se veía pequeña, porque tenía una entrada muy estrecha, pero, una vez dentro, era inmensa, y no sólo eso: estaba repleta de increíbles riquezas.

–¡Qué maravilla! –exclamó Yucaré cuando, al iluminar aquel espacio con su pequeña antorcha, se quedó deslumbrado por el brillo de aquellos hermosos objetos.

Había mantas y alforjas tejidas con telar, vasijas de barro, estatuillas y máscaras de oro, joyas, utensilios y piedras preciosas.

–Por lo que yo sé y me han contado mis abuelos, estoy seguro de que todo esto perteneció a mis antepasados incas –se dijo Yucaré–. Sí, no hay dudas –siguió diciendo–, reconozco perfectamente esas guardas en los tejidos y los motivos de sus pinturas y estatuillas.

¡Este es el tesoro de los incas!

Tan emocionado estaba el pequeño
Yucaré con aquel inesperado hallazgo,
que el tiempo se le pasó volando.
–¡Uy, debe ser muy tarde! –advirtió
de repente–. ¡Es hora de regresar!

Y Yucaré salió de allí y corrió tan rápido como pudo.
Con grandes esfuerzos, avanzaba cuesta arriba, desandando
los túneles que lo habían conducido hasta la gruta secreta.
Tenía que darse prisa, porque si la noche lo pillaba en la
montaña, no podría volver a su casa y moriría de frío.
Agotado, llegó casi sin aliento al lugar donde los cóndores
estaban aguardando para llevarlo de regreso.

–¿Te divertiste, Yucaré? –preguntó la mamá
cóndor cuando lo vio aparecer entre las rocas.
–¡Sí, fue una aventura maravillosa! –exclamó
Yucaré–. ¡Encontré un tesoro! ¡Encontré el tesoro
escondido de los incas!

Y era verdad. Sin embargo, el niño
y la familia de cóndores jamás revelaron
el secreto, porque comprendieron que
nadie debía enterarse de aquel tesoro.
De lo contrario, todos vendrían al volcán
Illimani para adueñarse de aquellos
hermosos objetos que los incas habían
escondido con tanto esmero.

EL DIARIO DEL EXPLORADOR

Hace mucho, mucho tiempo -antes de que Colón y los españoles llegaran al continente americano- los incas vivían en América del Sur.
Ellos crearon un imperio formado por diferentes pueblos.
¿Quieres saber qué zona ocupaba el majestuoso imperio inca?
Entonces, observa el mapa con mucha atención y lo descubrirás.

MACHU PICCHU

VOLCÁN ILLIMANI

CIUDAD DE CUZCO

Océano Pacífico

OCÉANO PACÍFICO

OCÉANO ATLÁNTICO

LA FAMILIA INCA

Las mujeres tejían ponchos y mantas con hilos de algodón y lana de llama. También trabajaban la tierra y sabían elegir las mejores semillas para sembrar maíz, porotos o frijoles, zapallos o calabazas, quinoa, guayabas y algodón. Con las plantas, hacían medicinas, alimentos y colorantes para teñir los hilos. Cuando un niño era muy pequeño, su mamá lo llevaba sobre la espalda, envuelto en una manta.
Los hombres eran hábiles pescadores. Utilizaban redes y anzuelos que ellos mismos fabricaban. Salían de noche con sus barcas hechas de caña y juncos y se quedaban a orillas del lago. También practicaban un juego con la pelota en el que no podían usar ni las manos ni los pies, sólo la cadera. ¡Qué difícil!

LUDOTECA

Los incas crearon un imperio en el que vivían muchos pueblos que hablaban un mismo idioma: el quechua.
Si sigues los triángulos en la guarda de este poncho, podrás leer el nombre de la capital del imperio inca, que en el idioma quechua significa "ombligo del mundo".

Cuzco

EL CÓNDOR

Para los incas, el cóndor era inmortal y representaba la fuerza, la inteligencia y la sabiduría.
Existe una historia que cuenta que cuando un cóndor comienza a hacerse viejo y sus fuerzas se acaban, vuela hacia el pico de la montaña más alta. Luego, encoge sus patas, cierra sus enormes alas y se deja caer... Sin embargo, no muere. Mágicamente vuelve al nido donde nació y vuela hacia una nueva vida.

EL TESORO INCA

Los artesanos creaban estatuillas, joyas y máscaras con oro y piedras preciosas. Todo ello formaba parte del gran tesoro inca. ¡Mira qué bella llamita de oro!

LAS CIUDADES

Algunas historias cuentan que una hija y un hijo del Sol y la Luna fundaron Cuzco. Juntos les enseñaron a las personas del pueblo a cultivar y sembrar la tierra, a aprovechar el agua de las lluvias para regar y a construir y habitar en ciudades. ¡No dejes de leer lo que sigue para saber más!

CURIOSIDATO

¿Sabías que las piedras de los muros podían ser de igual tamaño o formar distintos diseños como si fuesen un rompecabezas?
La piedra más famosa que forma parte de un muro es la llamada "piedra de los doce ángulos". Si miras con atención, podrás contarlos.

En las pequeñas casas, vivían las familias y sus animales.

En las laderas de las montañas, se construyeron terrazas para sembrar y cultivar.

Para construir las viviendas y los templos, los incas utilizaban el adobe y la piedra. Los techos de las casas se hacían con paja.

Las murallas de piedra rodeaban y protegían las viviendas.

CARIBAY
Y LAS ÁGUILAS

Dice una antigua leyenda que hubo una vez una primera mujer llamada Caribay, hija de Zuhé, el Sol, y de Chía, la Luna. Y cuenta también que Caribay era el espíritu del bosque, que imitaba el canto de los pájaros y que jugaba con las flores y los árboles.

Cierto día, Caribay estaba mirando el cielo y vio pasar cinco águilas blancas, volando juntas con gracia y majestuosidad jamás vistas. Eran aves tan espléndidas que Caribay se enamoró de ellas y de sus hermosas plumas.

Casi sin pensarlo, decidió correr tras ellas. Quería alcanzarlas y, para ello, tuvo que atravesar valles y montañas, siguiendo constantemente las sombras que las águilas proyectaban sobre el suelo.

A pesar de tantos esfuerzos para llegar a la cima de un risco,
Caribay sólo pudo ver cómo las águilas se perdían cada vez
más lejos, en las alturas.
–¡Más cerca me parece estar de ellas, y más se alejan!
–suspiró Caribay.

Tan triste se puso la enamorada de las aves, que invocó a Chía, su madre, para que la ayudara a sentir una vez más el placer de volver a verlas. Chía la escuchó y, al poco tiempo, Caribay nuevamente pudo ver a las cinco águilas.

Entonces, Caribay empezó a cantar una triste canción con una dulzura imposible de imaginar. Mientras la dulce melodía sonaba en el aire, las águilas iban descendiendo a las sierras y cada una se posó sobre un pico. Y allí se quedaron las cinco, inmóviles.

En ese momento, Caribay, que se sentía sumamente atraída
por el maravilloso plumaje de las aves, corrió hacia estas
para robarles las plumas y adornar su cuerpo con ellas.
Pero, apenas lo intentó, un frío glacial le entumeció las manos.

–¿Qué sucede? –se preguntó aterrorizada Caribay–. Soy el espíritu del bosque, la misma que imita el canto de los pájaros y juega con las flores y los árboles.

¿Qué ha ocurrido con ustedes? ¿Por qué están congeladas?

Los ojos asombrados de Caribay se quedaron viendo cómo las cinco magníficas águilas blancas que había estado persiguiendo permanecían, ahora, convertidas en cinco gigantescas masas de hielo blanco.

Asustada y triste, sin comprender nada de lo ocurrido, Caribay huyó de ese lugar. No soportaba ver así a esas estupendas aves que, hasta hacía poco, había visto volar con todo su esplendor, cada vez más alto y más lejos. De pronto, Chía, su madre, se oscureció y, para asombro de Caribay, las águilas despertaron de su helado sueño. Las cinco estaban furiosas, tanto que sacudieron sus enormes alas y toda la montaña se cubrió de plumas blancas.

Y así cuentan que nacieron las sierras nevadas de Mérida. Sus cinco elevados picos, siempre cubiertos de nieve, son las cinco águilas blancas que, en las grandes nevadas, continúan sacudiendo furiosas sus alas y cubriendo todo con sus plumas blancas.
El silbido del viento, dicen, es la triste y dulce canción de Caribay.

EL DIARIO DEL EXPLORADOR

Mar Caribe
Océano Atlántico
Pico Bolívar
MÉRIDA
ANDES VENEZOLANOS
Río Orinoco
Guyana
Colombia
Brasil

Alrededor del 1500, un capitán español llamado Juan Rodríguez Suárez, acompañado de sus soldados, fundó la ciudad de Mérida en la actual Venezuela. Allí, se encontró con los timoto-cuicas, dos tribus indígenas que vivían en la región de las altas montañas. Para saber qué zona habitaban, puedes mirar el mapa.

¡A CULTIVAR EN LA MONTAÑA!

Los timoto-cuicas eran pueblos sedentarios, es decir que vivían y se quedaban siempre en una misma zona, formando aldeas.

Estos pueblos, que habitaban en las zonas montañosas de los Andes, no tenían muchas tierras adecuadas para cultivar. Por eso, tuvieron que ingeniárselas para sembrar en las laderas de las montañas. Para eso construyeron enormes escalones de piedra y tierra llamados "terrazas de cultivo", y utilizaron canales para llevar el agua desde los ríos más alejados hasta los cultivos.

En sus trabajos agrícolas utilizaban azadones y picos de madera o piedra

Papa

Maíz

Algodón

Tabaco

LUDOTECA

Aquí aparece un mensaje secreto y, para leerlo, necesitas la ayuda de un espejo. ¡Es muy fácil! Sólo debes colocarlo junto al texto y leer la frase reflejada.

¿Sabías que los cuicas se saludaban en forma cordial al decir "machiniga"?

COMPRAR Y VENDER

¿Cómo hacían los timoto-cuicas para protegerse del frío de la montaña andina? Confeccionaban mantas y vestidos con el algodón que cultivaban. También vendían sus tejidos a otras tribus y les compraban sal de la costa. Pero para pagar no usaban monedas... ¡sino semillas de cacao!

LOS DIOSES

Los timoto-cuicas adoraban a dioses de la naturaleza que representaban el Sol, la Luna, la lluvia y la Tierra. También construyeron ídolos de barro que tenían poderes mágicos y a los cuales les llevaban ofrendas.

CURIOSIDATO

Los osos frontinos habitan en las tres cadenas montañosas de los Andes, desde Venezuela hasta Bolivia.
Son los mamíferos más grandes en América del Sur y, a pesar de su aspecto feroz, no matan para alimentarse, pues comen frutas, hierbas, raíces y miel.
¿Ves en la imagen al oso con "gafas"? Tanto este como los otros son osos frontinos y los puedes reconocer fácilmente gracias a las manchas blancas que aparecen alrededor de sus ojos y de su hocico. ¿Sabías que el dibujo que se forma en la cara es único en cada oso? ¡Sí!, no hay dos que sean totalmente iguales en estos detalles.

¿GLACIARES TROPICALES?

¿Sabías que en el Parque Nacional Sierra Nevada, en la Cordillera de Mérida, se encuentran los únicos glaciares existentes en Venezuela, que es un país tropical?

LOS LOROS DISFRAZADOS

Alguien contó una vez que, en las tierras de Ecuador, una montaña enorme posee una insólita cualidad: cuando las lluvias arrecian y los valles se inundan, ella puede crecer aun más, estirándose y poniendo a salvo de las aguas sus altas cumbres.

A esta virtuosa montaña subieron los hermanos Chonta
y Pila el día en que toda la Tierra se inundó. Se refugiaron en
una caverna y allí se quedaron hasta que pasaron las lluvias.
Cuando se asomaron a mirar el valle, vieron que todo estaba
cubierto de agua y comprendieron que iban a tener
que quedarse allí varados durante largo tiempo.

–¡Tengo tanta hambre que me duele la barriga! –lloró Pila.
–¡Sí, a mí me gustarían unos plátanos y unas piñas jugosas,
pero aquí es imposible hallar algo! –suspiró Chonta.
Mas cuando ambos hermanos regresaban tristes al interior
de la caverna, se llevaron una gran sorpresa: sobre unas rocas,
encontraron un mantel de hojas frescas, repleto de frutas
perfumadas, carnes y algunas mazorcas.

–¡Uy! ¡Mira cuántos manjares! –gritó Pila señalando el misterioso banquete–. ¡Tenemos todo lo que deseábamos para comer!
–¡Qué delicia! –exclamó Chonta–. ¿Quién habrá traído todas estas cosas tan ricas?
–No lo sé –respondió Pila, y se arrojó sobre la montaña de comida.

Los hermanos Chonta y Pila comieron hasta sentirse mucho más que satisfechos. Tan saciados estaban después de semejante festín que se quedaron profundamente dormidos. Misteriosamente, cuando despertaron, se encontraron nuevamente rodeados de manjares y lo mismo ocurrió al día siguiente, y al otro, y al otro.

Con el correr del tiempo, iba creciendo la curiosidad de los pequeños, pues el milagro ocurría cada vez que se dormían y nunca podían descubrir quién les traía tantos y tan sabrosos alimentos.

–¿Y si nos escondemos hasta que aparezca nuestro misterioso protector? –sugirió Chonta.

–Sí, me parece buena idea –respondió Pila–, sólo así podremos saber quién es.

Y así lo hicieron. Chonta y Pila se ocultaron detrás de una
gran roca y allí se quedaron a esperar que se develara el misterio.
Pasó un buen rato, ya casi se estaban quedando dormidos
cuando, de pronto, algo muy extraño y ruidoso los hizo saltar
del susto: eran unos chillidos ensordecedores de una nube
multicolor, que se acercaba a toda velocidad.

–¡Son loros! –exclamó Pila al divisar la bandada
de ruidosos pajaritos.

–¡Es cierto –dijo Chonta–, son loros y, míralos, están
disfrazados! ¡Qué simpáticos son! ¡Mira qué gracioso
aquel con gorro de cocinero!

–¡Sí, y mira cómo se ven esos que llevan delantales!

–¡Qué divertido! –exclamó Chonta estallando a carcajadas.

–¡Divertidísimo! –agregó Pila cayéndose al piso de tanta risa.
Pero resulta que a los loros no les gustó nada ser descubiertos
y mucho menos que los pequeños hermanos se burlaran
de sus trajes. Como se sintieron muy ofendidos,
se fueron volando muy, muy lejos y se llevaron
con ellos toda la comida que habían traído.

Los hermanos Pila y Chonta siguieron riendo y riendo hasta que, de repente, se dieron cuenta del gran error que habían cometido.

–¡Moriremos de hambre por habernos burlado de tan buenos amigos! –lloró Pila.

–¡Qué ingratos fuimos! –dijo Chonta muy apenada y se puso a llorar y a llamar a los loros–: ¡Regresen, por favor! ¡Les pedimos perdón! ¡Les pedimos perdón!

Al observar tan sincero arrepentimiento, los loros
regresaron y trajeron mucha comida. Pila y Chonta
estaban muy felices de contar otra vez con tan graciosa
compañía y tan alegres vivieron durante aquel período que,
al llegar el día en que por fin bajaron las aguas y ya podían
volver a casa, se echaron a llorar. Es que los niños
no querían separarse de sus buenos amigos.

Tanto insistieron y patalearon los hermanos, que lograron
convencer a los loros de bajar con ellos al valle y, cuando
llegaron, otra gran sorpresa los esperaba: las aves
se convirtieron en muchachos y muchachas, bellos y generosos,
que siguieron cuidándolos. Tiempo después, cuando Pila
y Chonta crecieron, se casaron con esos mismos amigos,
que antes fueron loros, y así dieron origen al pueblo de Ecuador.

EL DIARIO DEL EXPLORADOR

Hace mucho, mucho tiempo, antes de que los incas conformaran su gran imperio y los españoles llegaran a América, vivía en el actual Ecuador, en la selva tropical que limita con las grandes montañas de los Andes, un pueblo muy particular: los cañaris.
Junto a los otavalos, los cayambis, los saraguros y los salasaca fueron una de las culturas más antiguas que se establecieron en esta zona de América del Sur. ¿Quieres saber dónde queda la montaña mágica que crece con las lluvias? Observa el mapa y no te pierdas lo que sigue.

(Isabela)
Islas Galápagos

• QUITO

CERRO HUACAYÑÁN

Océano Pacífico

OCÉANO PACÍFICO

OCÉANO ATLÁNTICO

LOROS Y SERPIENTES

Los antiguos exploradores describen que los cañaris se creían descendientes de las serpientes y de los loros, en especial, de las guacamayas. Por eso, estas aves se encuentran representadas en sus armas de guerra, vasijas, murales, mitos y leyendas. Para ellos, los loros son las aves de la esperanza y la salvación.

LUDOTECA

Los hermanos Chonta y Pila también son conocidos con otros nombres. Para conocerlos, descifra el mensaje en clave en una hoja.

Aª	B↲	C?	D⋊	E⊙	F⌇	G₃	H⋈	I?	J⌁	K⋈		
L⊔	M⋶N	O⊙	P⌐	Q⊍	R⋛S⊙	T⋍	U⊊I?					
V⟨	W?	X⇘	Y2	Z₃								

ANIMALES EXTREMOS

¿Has escuchado hablar de las tortugas gigantes? Estas viven en las Islas Galápagos, un archipiélago que pertenece al territorio de Ecuador. Formado por trece islas grandes, seis más pequeñas y una gran cantidad de islotes, es un lugar muy famoso porque en ellas habitan animales muy especiales. ¡Conócelos en estas fotografías!

Tortuga gigante o galápago. Le dio el nombre al archipiélago.

Iguana marina. Única en su especie que busca su alimento en el mar.

UNA ESPECIE AMENAZADA

De la familia de los loros, los guacamayos son los más vistosos. Sus coloridas plumas eran objetos muy preciados por los pueblos indígenas. Las usaban para adornar su vestimenta, como moneda para comerciar, y también las regalaban en señal de paz y amistad. Lamentablemente, por la belleza de su plumaje, los guacamayos son muy perseguidos y actualmente es una especie en peligro de extinción.

UN CERRO SALVADOR

Cuenta la historia que el cerro Abuga o Huacayñán se elevó, como una barca sobre las aguas, durante un gran diluvio. Gracias a ello, Chonta y Pila salvaron sus vidas. ¿Sabes que esta leyenda está representada en un gran mural circular que se encuentra en la Plaza Cañari?

FAMILIA UNIDA

Los loros forman grupos muy ruidosos. ¡Siempre tienen un buen motivo para chillar a coro! Cuando sale el sol, dejan las ramas en donde durmieron y salen juntos a buscar comida. Su menú ideal se compone de frutos, semillas y también de algunos insectos.

CURIOSIDATO

¿Sabías que, al igual que los cañarís, otros pueblos también tienen leyendas en las que el mundo se origina a partir de un gran diluvio? La más famosa de ellas es de origen hebreo y su protagonista es Noé, quien construyó un arca para albergar a una pareja de animales de cada especie.

ÍNDICE

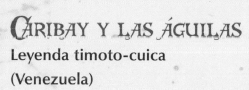

Otros Títulos de esta Colección

Leyendas de América Latina

Leyendas del Mundo

Océano Glaciar Ártico